Scoprire l'infanzia

Scoprire l'infanzia

ALDIVAN TORRES

Canary Of Joy

Contents

1 Scoprire l'infanzia   1

1

Scoprire l'infanzia

Aldivan Torres
Scoprire l'infanzia

Aldivan Torres
© - Aldivan Torres
Tutti i diritti riservati

–

Questo libro, comprese tutte le sue parti, è riconosciuto e non può essere riprodotto senza il permesso dell'autore, riveduto o trasferito.

–

Aldivan Torres, nativo del Brasile, è uno scrittore consolidato in diversi generi. Finora, esso ha titoli pubblicati in dozzine di lingue. Dal primo anno, è sempre stato un amante dell'arte di scrivere che ha consolidato una carriera professionale dal secondo semestre del 2013. Egli spera che con i suoi scritti contribuisca alla cultura internazionale, suscitando il piacere di leggere coloro che non hanno ancora l'abitudine. La tua missione è di vincere il cuore di ciascuno dei tuoi lettori. Oltre alla letteratura, i suoi gusti principali sono la musica, i viaggi, gli amici, la famiglia e il piacere della vita. "Per la letteratura, la parità, la confraternita, la giustizia, la dignità e l'onore dell'essere umano sempre", è il suo motto.

"Nessuno accende una lampada per coprirla con un contenitore o metterla sotto il letto. Lo mette sulla lampada, così che chiunque entri veda la luce. In realtà, tutto ciò che è nascosto deve diventare manifesto e tutto ciò che è in segreto deve essere noto e chiaramente manifesto. Di conseguenza, prestate attenzione come sentite: per coloro che hanno qualcosa verrà dato ancora di più; per coloro che non hanno, verrà portato via anche quello che crede di avere". (LC 8.16-18)

Scoprire l'infanzia
1.1-Fundão, 1° agosto 1900.
1.2-febbraio
1.3- Festa del battesimo
1.4. I primi giocattoli
1.5-La malattia e la prima parola
1.6-Finalmente, in piedi
1.7-Visita dei parenti
1.8-Il periodo di due anni
1.9-Il primo giorno a scuola
1.10-Il primo picchiato
1.11-La nascita del secondo bambino
1.12.3- Anni sono finiti
1.13 - Alcune esperienze interessanti nella vita dei due fratelli
1.13.1-Il caso della sirena
1.13.2-Il tesoro nascosto
1.13.3-Una battuta diversa
1.13.4-L'incidente
1.14-La scoperta dell'amore
1.14.1-Prime esperienze
1.14.2-La riunione in chiesa
1.14.3-Il breve periodo di separazione
1.14.4-Una data importante

1.14.5-Il Giorno dell'Indiano
1.14.6- Il giorno dell'indipendenza
1.14.6.1-Contesto storico
1.14.6.2-Continuazione della storia
1.14.7-Il tour
1.14.8-Biglietto
1.15. La nuova routine
1.16-Le storie di Filomena
1.16.1-Il ragazzo degli animali
1.16.2-Il fegato di papà
1.16.3-Il miglior premio
1.16.4-Il valore del lavoro
1.16.5-Bellezza e sintonizzazione non sono fissati sulla tabella
1.17-Il codice di condotta di Filomena
1,18-Storie di cacciatori
1.18.1-Lo spirito della foresta
1.18.2-La salvezza del bambino
1.18.3-L'oncia
1.19-Addio
1.20-Fine dell'infanzia

1.1 – Fundão, 1° agosto 1900.

Era un mercoledì pomeriggio soleggiato. La coppia Filomena e Jilmar stavano riposando davanti alla loro piccola e semplice casa. Essi avevano già completato un anno di matrimonio e di cambiamento della sede del comune Cimbres (Pesca corrente), e sono stati soddisfatti nonostante le grandi difficoltà finanziarie che erano state. Jilmar, ancora nel suo periodo di appuntamenti, aveva lavorato come assistente di carico per raccogliere soldi e comprare un piccolo pezzo di terra e fu aiutato dall'allora sposa Filomena che fece pizzi. Quando raccoglievano abbastanza soldi, si sposarono, si trasferirono in quel posto e iniziarono una vita insieme. Con poco tempo, Filomena si era ritrovato incinta.

Lo stesso pomeriggio, aveva completato i nove mesi di attesa. Riposare e pensare al futuro, improvvisamente, Filomena cominciò a sentire il dolore, chiese aiuto a suo marito che andava a fuoco, a cavallo, cercando un'ostetrica. Il giovane Victor si precipitava a debuttare in un mondo pieno di miserie, difficoltà, ma anche bellissima e piacevole. Quando era sola, Filomena cominciò a recitare le preghiere rivolte alla nostra signora di buon parto, e in qualche modo alleviarono la sua ansia e il suo dolore. Quando meno si aspettava, suo marito Jilmar tornò con l'ostetrica di grazia, la portò nella sua stanza e grazie ai due dopo due ore di duro lavoro, il ragazzo finalmente nasce.

Iniziò un'altra traiettoria spettacolare della discendenza di Torres, una razza speciale di esseri umani, piena di doni. Col tempo, la sua inclinazione verso le arti nascoste sarebbe stata rivelata e solo Dio saprebbe dove potrebbe andare. Per ora, sarebbe cresciuto da una coppia piena d'amore che gli insegnerebbe i concetti fondamentali di sopravvivenza, valori, etica e come comportarsi in una società ancora ineguale all'inizio del XX secolo.

1.2 - febbraio

Dopo la nascita, Jilmar e Filomena hanno iniziato a preoccuparsi del cibo e dell'abbigliamento dei neonati. È allora che hanno avuto un'idea: chiamare alcuni conoscenti della regione che avevano un possesso maggiore di partecipare a una piccola festa e che potessero reciprocare con i regali. È quello che hanno fatto. Una settimana dopo, apriron le porte della loro piccola, semplice casa e accoglieranno i loro amici. Tra di loro, i cugini non sposati di Filomena, Angelica e Bartolomeo e altri parenti di Jilmar.

Tutti quelli che sono arrivati erano ben ricevuti. Per curiosità, guardavano il bambino, lodano i suoi attributi e si reciprocano con diversi doni di utilità. La coppia ha ringraziato e prestato attenzione a tutti. Alla fine, hanno servito un piccolo banchetto, che, anche se semplice, era molto apprezzato. Quando il cibo è finito, la conversazione continuava a girare per molto tempo su questioni generali, tra cui politica, notizie. Quindi il tempo è passato. Quasi il tramonto, i presenti stavano dicendo addio, e infine rimasero solo Jilmar, Filomena e Angelica. Quest'ultimo, prima di partire, si avvicinò al bambino, lo tocco e in un grido fece una profezia: —Questo sì sarà orgoglioso della corsa di Torres, sarà un percorso del suo tempo!

I genitori non capivano bene lo sfogo, ma li ringraziarono comunque. Quando Angelica se n'è andata, i due erano soli, coglievano l'occasione di mangiare, uscire e dormire perché in quel momento, in un luogo lontano, non c'erano molte opzioni di tempo libero.

1.3 - *Festa del battesimo*

Da una famiglia tradizionalmente cattolica, come la grande maggioranza degli interni del Brasile, la prima iniziazione del neonato Vítor nella religione fu organizzata, cioè il suo battesimo. Per l'occasione furono invitati parenti e amici, comprese le damigelle e un padrino.

Era il 15 agosto 1900, un altro mercoledì. Tutti gli ospiti dell'occasione e i genitori del ragazzo sono andati alla casa di pesca, più esattamente la cattedrale. Al momento concordato, tutti erano presenti, sparsi sulle panchine della Chiesa. Ma il prete non era ancora arrivato. Aspettarono altri trenta minuti, il prete Freitas arrivò e cominciò la festa. Durante i minuti d'inchiostro, predicava la sua ideologia e spiegava le responsabilità di tutti i presenti. Quando tutto fu reso esplicito, il rituale continuò e, alla fine, consacrato Vítor. Durante la resa a Cristo, un ruggito fu sentito in cielo e tutti furono sorprendentemente. Cosa ne sarebbe della vita di quel ragazzo intrigante?

Dubito che rimarrebbe nella mente di tutti finché non crescerà. Nel frattempo, imparerà dal più vicino e con la vita ogni dettaglio del mondo. Dopo un adulto, decideva il suo destino, attraverso le sue scelte. Perché è questo l'essere umano, è libero di amare, odiare, costruire o distruggere. Siamo i principali responsabili del nostro destino. Continua a seguire, lettore.

1.4. I primi giocattoli

Sono passati due mesi dalla nascita di Victor e la giornata dei bambini si sta finalmente avvicinando. Nonostante la delicata situazione finanziaria, Jilmar ha organizzato una passeggiata con sua moglie nel parco giochi della città in questa data critica. Il giorno e il tempo insieme, i due si sono mossi, cavalcando un cavallo e prendendo il bambino. Sopravvivere barriere naturali come la polvere, la strada che si sta perdendo e il sole bruciato che arrivano alla testa della casa dopo un'ora di lotta.

Dall'entrata della città al parco ci sono altri venti minuti di guida. Mentre arrivano, incontrano conoscenti e parenti, li salutano e augurano loro una buona giornata per bambini. Riconoscono e augurano buona fortuna e successo. Continua il viaggio, trova un pub e decida di fermarsi a riposare. Ha preso la decisione, smontato, attaccato la corda dell'animale in un cespuglio, così si inchioda un po' e vanno in un locale. Con qualche altro passo, arrivano, siedono al tavolo, vengono prese e chiedono un succo e uno spuntino veloce. Mentre aspettano il cibo, escono insieme e parlano tra loro.

"Come va, donna, Victor, e stai bene? Sembrano un po' troppo rosse. (Jilmar)

"Siamo un po' esausti e caldi. Non è facile viaggiare con il sole che batte testa a testa, ma siamo sopravvissuti. Ne vale la pena quando stiamo per vivere momenti di famiglia felici e intensi. (Filomena)

"Questa stagione non perdona, ma concordo sul fatto che ne vale la pena. Anche se siamo contrari, siamo felici e siamo una vera famiglia. Non vedo l'ora di vedere questo ragazzo che corre nel fango della nostra casa, abbracciarci e chiamarci genitori. (Jilmar)

"Piano, vecchio. Ci vuole ancora un po' di tempo. Per ora dobbiamo prepararci a offrire le condizioni minime per svilupparsi. È la nostra missione d'ora in poi. (Filomena)

"Sì, certo. Presto preparerò la terra del falciatore l'anno prossimo. Spero che piova. Nel frattempo, continuerò a lavorare in affitto, per alcuni dei nostri vicini di terra. In un modo o nell'altro passeremo e con dignità. (Jilmar)

Scoprire l'infanzia

"Sono contento che tu sia disposto. Non mi sono pentito di averti sposato perché hai sempre dimostrato di essere un guerriero in questa vita senza Opportunità. Grazie per aver scelto me come donna. (Filomena)

"Ti amo anch'io. (Jilmar)

A questo punto, i due abbracci e baciano dolcemente. Quelli presenti applaudono al gesto, e li fa arrossire. Stanno zitti per un po', lo spuntino e il succo arrivano, iniziano a nutrirsi tranquillamente per il resto della giornata. Quando finiscono di nutrirsi, chiamano l'assistente, pagano il conto, scendono dalla scena, tornano sul cavallo e continuano il viaggio. Ora si fermeranno solo quando arriveranno alla destinazione giusta.

Pochi minuti dopo che si sono imbattuti in strada per le strade della piccola città di Pesqueira, passando per il quartiere di ciliegia, in centro e Prato finalmente arrivano. All'entrata del parco, si toglievano il cavallo, lo Intrappola Una un albero vicino, pagano i biglietti d'ingresso ed entrano. Iniziano a passare in tutti i posti, sfruttando i giocattoli. Quando arrivano davanti a un banco, sono interessati, apprezzano gli artigiani locali e, in un gesto di affetto, con il resto dei soldi che aveva, Jilmar compra un regalo per sua moglie, un vestito del tempo e per suo figlio, compra un sonaglio per distrarsi. In gratitudine, Filomena lo abbraccia e lo bacia. Continuano a godersi i giocattoli, attraversano diversi posti all'interno del parco, passa il tempo e già tardi, decidono di tornare in casa. Presto, se guidano fino all'uscita, cavalcano di nuovo il cavallo e ricominciano a tornare indietro. Si sarebbero presi dalla stessa ora, in cambio, ma ne era valsa la pena. Vivevano momenti speciali, in un giorno così importante, il giorno dei bambini e il loro primo bambino.

1.5 - La malattia e la prima parola

Dopo la passeggiata nel parco, la famiglia formata da Filomena, Jilmar e Vítor ritornò alla normale routine. Jilmar continuò a preparare la terra ad aspettare il tempo invernale e, di conseguenza, abbastanza sole e pioggia; Filomena, con il suo lavoro come casalinga, macchinista di pizzi e madre, e Victor, persino incosciente, scoprendo un nuovo mondo, diversificato, complicato, ma allo stesso tempo bellissimo. Quindi, il tempo è passato.

Esattamente sei mesi dopo la nascita, Vítor aveva un piccolo virus, cadde in febbre e i suoi genitori, preoccupati, lo portarono immediatamente all'ospedale comunale del suo comune di Cimbres. Il viaggio a cavallo ci volle trenta minuti e quando arrivarono alla destinazione, entrarono in una stanza e aspettarono un'altra ora. Successivamente, il ragazzo era stato finalmente sottoposto a medicina in una stanza, rimanendo sotto osservazione. Uno dei genitori era autorizzato a stare con lui. Hanno scelto Filomena perché era sua madre e più intima con lui. A un certo punto, le infermiere sono entrate e hanno suggerito che Filomena esca per un po', riposarsi e nutrirsi. Ha accettato il suggerimento, ma quando stava per andare in pensione, Victor ha agitato molto, pianto, strillato, e in uno sforzo per la sua età, ha gridato la sua prima parola:

"Madre!

La scena fece eccitare tutti, specialmente Filomena per aver avuto la grazia di sentire il suo nome pronunciato dal suo bambino che pensava di essere malata. In un impulso, lo baciò, lo abbraccio e prometteva di stare sempre al suo fianco, nei momenti buoni e nei cattivi. Con queste parole, il ragazzo si calmò, rilassato e finalmente si addormentò. Quindi Filomena si è approfittato e se n'è andato un po', nutrito, ha parlato con suo marito ed è tornato in sala d'osservazione prima di svegliarsi. Hai passato il resto della notte con lui. L'altro giorno, quando è arrivato, è stato dimesso dall'ospedale e solo allora è stato possibile tornare in casa. Con questo, continuavano nella loro vita semplice, sempre ma felice.

1.6 – Finalmente, in piedi

Il tempo è passato un po'. L'inverno pioveva molto e la famiglia Torres, nella persona di Jilmar, ha piazzato la loro falciatura, piantando i principali prodotti alimentari di base come fagioli, granturco, patate dolci, cassava, manioca, cocomero, zucche, melone. Con tre mesi di vita, il mais e i fagioli potrebbero essere già raccolti. Con profitto, le loro esigenze fondamentali saranno soddisfatte per almeno un anno. Riguarda il ragazzo, cresceva in vista, iniziava a strisciare e ogni giorno suo padre era impegnato a portarlo da un lato all'altro cercando d'insegnargli a camminare. Aveva già fatto due tentativi, ma i due hanno causato un fallimento, il ragazzo aveva preso due cadute e poi, più attento e ci avrebbe provato ancora una volta quando il ragazzo era pronto.

Esattamente un anno dopo la sua nascita, Victor si teneva già alle pareti, e quando divenne un po' più forte suo padre si mise davanti a lui e lo chiamò. Anche incredulo, il ragazzo rischiava: fece un passo, due, e quando meno si aspettava, camminava fermamente, avvicinandosi e abbracciava suo padre, chiamò il suo nome. Fu il primo successo di molti di quel povero, ma benedetto ragazzo di Dio e pieno di doni. Il futuro era nelle tue mani. Si renderebbe conto anche in un periodo così pieno di miseria, ingiustizia e così ritardato culturalmente? Continua a seguire, lettore.

1.7 – Visita dei parenti

L'evento che ha causato i primi passi di Victor sui piedi e da solo si è verificato la mattina. Dopo aver festeggiato il fatto, Jilmar si è occupato dei suoi doveri nel freddo e Filomena ha iniziato a rispettare i suoi obblighi anche che era quello di pulire la casa, preparare il pranzo e tenere ancora d'occhio Vítor. Con lo sforzo dei due e fortunatamente aiutando, tutto andava bene.

Alcuni passi, si avvicinava a mezzogiorno, Jilmar torna a casa e trova tutto in ordine. Come aveva fame, va dritto in cucina, saluta sua moglie e suo figlio, siede a tavola, è gentilmente servito da sua moglie e comincia ad assaggiare la sua stagione sempre attraente, composto di fagioli, farina, carne solare, integrata da tipici frutti selvatici. Tutto di base, ma molto gustoso.

A un certo punto, Jilmar, fa conversazione con il suo amato.

"E poi donna, dimmi la notizia. Cos'altro ha imparato la nostra allieva oggi?

"Il solito. Come ogni ragazzo della tua età, hai toccato tutto quello che è in tuo potere, e io per evitare un disastro più grande ti ha dato qualche sculacciata. Per fortuna, gli bastava calmarsi. (Filomena)

"Abbi più pazienza donna. È ancora un bambino. Ovviamente, se necessario, ti applicheremo un occultatore. Ma è ancora presto. (Jilmar)

"Parlare è facile. Non sei tu che devi stare indietro e correre dietro a lui, evitando qualcosa di peggio. La pazienza ha un limite e devo ancora occuparmi dei miei obblighi. (Filomena)

"Lo capisco. Vivo nelle tue mani il compito di sollevarlo. Non esagerare. Sono stato molto occupato ultimamente, a lavorare per tutti. Ossa del mestiere. (Jilmar)

"Lo so, e non ti critico per questo. Qualcuno deve mettere del cibo in casa. Al contrario, apprezzo la tua dedizione a questa famiglia e per avermi reso così felice. (Filomena)

Le lacrime scorrono nel viso di Filomena e le emozioni dominano il momento. Jilmar mette in pausa il cibo, l'ha avvicinato, l'ha abbracciato e lo bacia. In un impulso, Victor si avvicina e l'abbraccio diventa triplo. C'era una famiglia di combattenti che erano disposti ad affrontare qualsiasi tipo di sfida e a svolgersi nonostante tutte le difficoltà che erano state imposte all'epoca. Quando l'abbraccio finisce, si separano un po' e Jilmar continua a preparare il pasto. Alla fine del pranzo, Vítor si sente assonnato, Filomena lo fa addormentare e la coppia si diverte un po' a riposarsi e uscire. Poco dopo, inizia il pomeriggio.

Verso le tre del pomeriggio, qualcuno bussa alla porta, si alza dal letto e risponderà. Quando aprono la porta, hanno una piacevole sorpresa: erano i cugini più vicini di Filomena, Angelica e Bartolomeo che si sono invitati senza rimozioni. Dopo i saluti iniziali, si siedono sulle feci disponibili e iniziano una buona conversazione, spiegano la ragione della visita (anniversario di Victor), e finalmente consegnano i regali. La coppia grazie, Vítor si sveglia con il movimento, appare nella stanza e riceve l'affetto dei regali. Come buona padrona, Filomena preparerà uno spuntino per i visitatori per ringraziare tanta gentilezza. Quindici minuti dopo, torna con tutto pronto. Le visite sono servite e la conversazione continua su tutte le notizie della regione. Dopo lo spuntino, tornano nella stanza e la conversazione continua, ogni volta che parla un po' della loro vita. A un certo punto, Jilmar dice addio per occuparsi di un po' di cose da fare. Angelica e Bartolomeo continuano con Filomena. Quando il tramonto, dicono addio, dà un abbraccio al giovane Victor e alla fine se ne va. Promettono di tornare un altro giorno. Jilmar torna a casa, aspetta la cena è pronta, mi nutro, la lampada è accesa, e due ore dopo vanno tutti a dormire senza intrattenimento e opzione di tempo libero. La loro routine di combattere e superare continuerebbe negli altri giorni.

1.8 - Il periodo di due anni

Ogni giorno che passava, Victor cresceva in statura e saggezza strettamente accompagnata dai suoi genitori. Questo periodo è stato fondamentale e fondamentale per la definizione di valori per ogni singolo individuo e per questo motivo, Filomena e Jilmar, hanno lottato per dare una buona base d'istruzione per lo stesso. Con ogni suo scivolo, lo stesso fu corretto e anche senza avere una consapevolezza esatta di ciò che stava accadendo la stessa conoscenza. Sono passati due anni, ed era iscritto a scuola.

L'attuale momento della famiglia Torres era uno di quelli della stabilità. Essi continuavano a vivere nell'agricoltura in piccole dimensioni e i profitti dell'abbattimento erano sufficienti a sostenerli dalle basi. Oltre al falciato, Jilmar ha guadagnato qualche cambiamento che lavorava in affitto ai vicini di terra e Filomena, ha fatto artigiani di pizzo e ha cresciuto alcuni animali come polli, anatre, tacchini e pecore che hanno aiutato a sostenere. Non erano ricchi, ma non avevano fame come una volta. Erano ancora felici, che era la cosa più importante.

Un giorno, buone notizie: Filomena pensava di essere incinta del suo secondo figlio. Anche se questo significava spese maggiori, il fatto è stato celebrato come mai. Sarebbe meraviglioso una compagnia per Vítor, distrarlo nei giochi, nelle avventure e aiutarlo a crescere ancora di più. Rafforzerebbe ulteriormente l'identità di una famiglia così in difficoltà e sofferenza. La famiglia Torres.

1.9 - Il primo giorno a scuola

Il febbraio inizia e con questo il periodo scolastico. Il giorno previsto per l'inizio, Filomena ha cercato di sistemare il figlio Vítor nel modo migliore possibile e quando era pronto, i due partirono insieme per la casa di Genoveva, dove il gruppo scolastico operava improvvisamente. La residenza era situata sul lato della strada principale, che si stava dirigendo verso la sede del comune. Da casa di Filomena alla sua erano circa 40 minuti in piedi, e dovevano fare questo viaggio ogni giorno. Tuttavia, ne varrebbe la pena di conoscere e cultura assimilata.

Con il pensiero precedente, le due camminano lungo la strada protuberanza e a un certo punto raggiungono la strada principale. Senza ostacoli, i due accelerano i loro passi, incontrano altri bambini e adulti che vanno a scuola e decidono di camminare insieme. Per essere distratti, gli adulti parlano un po' e trasmettono istruzioni ai loro figli che sembrano capire nonostante la loro età.

La passeggiata continua. Poco dopo, i bambini si sentono stanchi e i genitori sono costretti a portarli. Ma non per molto. Dieci minuti dopo, si avvicinano alla scuola rurale del sito di Fundão e con qualche passo in più arrivano davanti a lei. Fa la chiamata degli iscritti, tutti rispondono, e vengono inviati in una piccola stanza con dei portafogli. In totale, 16 (numero di studenti dello studio primario di quest'anno). I genitori ne stanno fuori.

Poiché c'erano quattro voti con quattro studenti ciascuno, doveva preparare una classe diversa per ciascun gruppo di questi e iniziare con la classe di Victor che rappresentava la prima elementare, non ancora letteratura. Ha preso quattro piume e quattro cartucce e come insegnato a gestire questi strumenti di scrittura, mostrava le lettere dell'alfabeto. Poiché era solo il primo giorno, non sono state fatte richieste agli studenti se non si prestano attenzione a ciò che era difficile perché erano bambini piccoli che non erano mai lontani dai genitori. Ma tutto questo è stato considerato nonostante la rigidità dell'insegnante. I quaranta minuti di classe sono passati rapidamente senza grandi complicazioni. In sequenza, è iniziata la lezione di un'altra serie, ma anche quelli dei primi hanno dovuto partecipare. E così via.

Tutto è andato molto bene in classe, finché un quarto elementare non ha saltato una domanda fondamentale e Genoveva, usando l'autorità che gli insegnanti avevano all'epoca, lo ha assaggiato usando le sculacciate. Questo bastava per spaventare i piccoli, incluso Victor, che iniziarono a chiedere ai genitori insistentemente. Per controllare la situazione, Genoveva Garcia ha finito la lezione di esposizione e ha portato tutti gli studenti alla natura, una foresta vicino casa sua, insegnato sulla fauna e la flora, li ha portati al fresco che era molto vicino alla sua casa e ha messo i ragazzi sotto la presa degli animali. È così che ho risolto i problemi. Quando arrivò il momento, tornarono in camera, li licenziarono, i bambini furono consegnati ai loro genitori che ancora aspettavano fuori, e tornarono tutti a casa. È così che una scuola nel luogo di quel tempo ha funzionato e Victor dovrebbe partecipare ogni giorno.

1.10 - Il primo picchiato

Il tempo è andato un po' avanti. Nella famiglia Torres, tutto è andato nella normale routine: il lavoro di Jilmar in agricoltura e Filomena a casa, Vítor va a scuola, gli scherzi, le antiche e la sua crescita nell'occhio. Tutto mi ha fatto credere che tutto andasse bene, ma non si sa mai cosa potrebbe succedere.

Una fase difficile inizia nella vita del piccolo Victor, i suoi regali speciali cominciano ad apparire, il che preoccupa molto i suoi genitori. Lo portano da un uomo saggio. All'epoca, si dice di non preoccuparsi perché era assolutamente normale e che, con un po', imparerà a controllare questo potere e usarlo a suo vantaggio. Era un dono del destino e non una maledizione come pensavano.

Ogni nuovo giorno, Victor imparava un po' di più sull'altro mondo: aveva amici invisibili, parlava con angeli e messaggeri, riceveva messaggi sul suo futuro e dal suo discendente successivo. Era tutto troppo nuovo per lui e, seguendo il consiglio dei suoi genitori, non ha detto a nessuno i suoi segreti. Anche se questo è assolutamente normale nella discendenza spirituale della sua famiglia, una discendenza di veggenti.

Il problema era la sua inesperienza, e spesso non riusciva a distinguere la buona compagnia da quelle cattive. Un giorno, guidato da una voce interiore, fu suggerito di buttare via il cibo perché sarebbe stato contaminato da liquidi cattivi. Innocente, si è lasciato trasportare e ha eseguito l'atto in una supervisione di sua madre. Ha chiesto da sua madre, ha detto che era per il bene di tutti.

Indagato dalla rabbia e dal cuore spezzato perché questo era l'unico cibo disponibile del giorno, Filomena prese la cinghia e le diede qualche frusta, poche ma solide. Piangeva, gridava, blasfema, ma riconobbe che se lo meritava nonostante la sua età. La recita era sufficiente per farsi un bagno con il sale diluito in acqua per alleviare i suoi dolori. Aiutato da sua madre, un po' dispiaciuto, è stato portato a letto per riposare. Questa era stata una lezione dolorosa, e di certo non avrebbe commesso lo stesso errore due volte.

1.11 – La nascita del secondo bambino

Sono passati nove mesi. Come l'ultima volta, il dolore della nascita di Filomena iniziò improvvisamente, e fortunatamente, fu ora di pranzo e suo marito era a casa. È stato in modo strano, è uscito di casa, ha cavalcato il cavallo ed è andato a cercare l'ostetrica. Trenta minuti dopo, ritorna con la stessa ostetrica che ha aiutato a partorire Victor che si chiamava Grace, giusto in tempo. Filomena fu portata nella sua stanza e l'ostetrica assistita da Jilmar, ha portato in vita il secondo figlio della coppia ancora senza nome. Hanno messo il bambino nel cestino, hanno lasciato la madre riposare, hanno lasciato la stanza, Jilmar ha pagato l'ostetrica, l'ha ringraziata, ha detto addio e alla fine se n'è andata.

Un'ora dopo, Jilmar chiama Victor che suonava sempre fuori, e insieme entrano nella stanza dove sono stati trovati il bambino e la matriarca di famiglia. Quando entrano, assistono a una scena meravigliosa:

Filomena, con il bambino sul suo grembo, baciandolo e benedirlo. Si avvicinano, si agisce e insieme fanno un quadruplo abbraccio. Questo momento dura abbastanza a lungo da sentire il grande amore che li unisce. La famiglia Torres era eccezionale.

Quando l'abbraccio finisce, si siedono sul letto accanto a lei e iniziano a parlare.

"Allora, donna, sai come ti chiamerai? (Jilmar)

"Ho appena deciso. Sarà chiamato Raphael, come l'angelo che ci protegge sempre. (Filomena)

"Rafael. Chi è quello? (Victor)

"È tuo fratello. (Filomena)

"E cos'è un fratello? (Victor)

"Fratello è il figlio dello stesso padre e della madre. (Spiega con pazienza Jilmar)

"Oh, sì. (Victor)

Il furbo Vítor dà un bacio a Rafael e lascia la stanza per giocare di nuovo fuori con il suo cavallo immaginario. Nel frattempo, Jilmar e Filomena continuano a scambiarsi idee.

"Temo che con l'arrivo di Raphael, Victor si sentirà geloso e cercherà di fare qualcosa di stupido. Sai quanto è deprimente. (Filomena)

"Non preoccuparti. È solo un ragazzo di buon Natura. Sapevamo come crescerlo. Fai solo un po' di attenzione. (Jilmar garantito)

"Hai ragione. Nostro figlio è speciale, ha un dono, e noi dobbiamo sempre stare al suo fianco per guidare. Spero che segua le sue orme. (Filomena)

"È solo seguire la stessa formula di creazione che non ha alcun errore: insegnare i precetti, i valori di buoni e correggere i fallimenti, fornendo esempi, incoraggiandovi ad aiutare sempre gli altri. A proposito di bambini, quando avremo il prossimo? (Jilmar)

"Non esiste. Anche se amo i bambini, voglio solo averne due. È un sacco di lavoro e non cercare di convincermi il contrario. (Disse Filomena)

"Va bene. Eviteremo di avere figli il più possibile. Non sono d'accordo, ma accetto la tua decisione. (Jilmar)

"Grazie per la comprensione, amore. (Filomena)

Filomena mette il neonato Rafael nel cestino da un bacio e un abbraccio al marito. Da ora in poi, la loro missione era duplice: due esseri dipendono da loro per crescere, formare uomini e vincere nella vita, nonostante tutte le difficoltà del tempo. Inoltre, dovrebbero sempre nutrire il rapporto di amore e affetto, affinché raccolgano la felicità completa.

Dopo il bacio e l'abbraccio, si stimolano, chiudono la porta della camera da letto, godono del tempo libero per uscire e fanno sesso, qualcosa che non avevano fatto per molto tempo. Dopo il consumato atto, si riposano un po' di più. Dopo, Jilmar si alza e si prende cura della casa, della cena e del ragazzo intelligente che aveva. Restavo due settimane di questo passo, finché la moglie non si riprese e avesse delle condizioni, perché non c'era nessuno vicino a lui che li aiutasse.

Passa il tempo e il pomeriggio finisce. Victor entra in casa, la cena è pronta, gli uomini del cibo, portano il cibo a Filomena, apprezzano ancora la bellezza di Raphael, accendi la lampada, prepara piani per il futuro e quando si sentono stanchi, decidono di dormire. I prossimi momenti sarebbero importanti nella vita di tutti quelli che facevano parte della famiglia.

1.12.3- *Anni sono finiti*

Il tempo sta avanzando. La famiglia Torres è nella stessa fase finanziaria di sempre: vive solo dall'agricoltura familiare, il che gli dà quando l'anno è sufficientemente precipitato per sopravvivere. Era l'unica opzione di sopravvivenza per tutti coloro che vivevano in quella regione, tranne gli agricoltori che avevano più possibilità di reddito. Negli altri punti, alcuni cambiamenti: Vítor e Rafael sono cresciuti come mai e a differenza delle paure dei genitori erano molto amici, andavano molto d'accordo. Facevano tutto insieme: giocavano, andavano a scuola (uno era in prima e l'altro in quarta elementare), organizzavano amici, tranne che a volte, quando c'erano piccoli disaccordi, ma che presto si risolvevano; i parenti erano presenti qualche volta, solitamente in eventi importanti; i conoscenti e i pochi vicini erano visti solo in eventi sociali o nei fine settimana, ma in tempi di difficoltà la coppia poteva contare su se stessi; le élite continuavano a dettare il corso di tutto, un segno del coronelismo del tempo nel nordest; e i cangaceiros, noti come banditi, erano visti da alcuni eroi perché rappresentavano la lotta di una sofferenza e di persone ingiuste.

Anche con tutto questo accaduto, la famiglia continuava a camminare in pace. Jilmar, come suo capo, faceva tutto il possibile per assicurarsi che i suoi figli e moglie avessero la necessaria sicurezza per progredire e vincere, qualcosa che non era possibile ai suoi tempi qualche anno fa. Fino a ora, stava svolgendo il suo ruolo molto bene. Tuttavia, sarei soddisfatto solo quando si sposarono e sposarono, solo allora per riposare. Mi chiedo se posso farlo. Continua a seguire, lettore.

1.13 – Alcune esperienze interessanti nella vita dei due fratelli
1.13.1 – Il caso della sirena

Il tempo passa ancora un po' di tempo. Al momento, Victor ha otto anni e suo fratello Rafael, cinque anni. Essi restano amici come una volta e insieme, svolgono varie attività. Tra loro, hanno contribuito al fresco, anche se piccolo, alla pesca amata, giocando con i loro amici e si lavano nel fiume, ecc.

Un giorno, i due giocavano davanti a casa sua, quando Victor aveva un'idea geniale e decise di passarla al suo fratellino.

"Rafael, mio fratellino, mi sono ricordato qualcosa d'impressionante ora, e voglio mostrarti.

"Che cos'è? Se è come quella cosa del pesce parlante, puoi arrenderti. Non credo più nelle storie alte.

"No, questa volta garantisco assolutamente che sia vero. Dai, non te ne pentirai.

Detto questo, Victor afferra suo fratello Rafael per il braccio, e insieme corrono disperatamente nella direzione centrale est del sito. Filomena, che era vicino, gli consiglia di stare attenti, ma erano già lontani e non ascoltano i loro avvertimenti. Stando arrivando, si allontanano dal sentiero piegando a destra e hanno accesso a un frutteto. Urlano, scuotere la polvere, scalano diversi alberi, appendono i rami come se fossero scimmie e assaporano i loro frutti. Passi molto tempo a godersi questi momenti felici.

Ansioso e stanco di tanta euforia, Raphael chiede quando andavano al fiume e Vítor risponde che immediatamente perché potevano trovare delle cifre indesiderabili e leggendarie della foresta selvatica come Saci-Pererê, lupo mannaro, senza testa di mulo, caboclinha o curupira, e che non sarebbe stato salvato lo stesso con i loro doni sensoriali. Incredibile, Raphael chiede se esistono anche e come risposta sente tutto ciò che è possibile.

Ai fini delle loro esperienze e agilità, i due ragazzi avanzano rapidamente sul corso nonostante tutti i suoi ostacoli naturali come rocce, spine e terreno duro e secco. Riposa ancora e ancora. Cosa c'era di così interessante che Victor voleva condividere con il suo amato amico fratellino? Forse era qualcosa che avrebbe aggiunto qualcosa di significativo alla sua vita, che lo distrasse o anche una battuta. Dopo tutto, erano solo bambini e non avevano nulla di cui preoccuparsi o prendere sul serio, a differenza degli adulti. Siamo vicini a scoprirlo. Andiamo insieme, lettori.

Superando tutti gli ostacoli, i fratelli Torres arrivano finalmente al piccolo e misterioso fiume della località dopo una passeggiata di 30 minuti. Al momento dell'arrivo, Rafael non si è resistito e ha chiesto:

"Dov'è quello che volevi mostrarmi?

"Tra poco apparirà. È una storia che mi raccontava nostro padre e questa è questa: in questo fiume, abita una specie di creatura magica (mezza donna e mezzo pesce) che usa il suo canto per attirare gli uomini, soprattutto i pescatori. Chiunque senta il tuo canto non torna mai a casa.

"Ma la sirena esiste solo in mare, stupido.

"Certo che lo so. Nostro padre ha detto che questo è uno dei tipi che esiste solo nei fiumi.

"E se usasse il suo potere per attirarci?

"Non c'è pericolo. La sua cantante funziona solo per adulti. Inoltre, gli angeli che proteggono i bambini sono sempre al tuo fianco, proteggendoli. Guarda: i miei e i tuoi stanno sorridendo e ci benedicono.

Rafael guarda dappertutto, ma non aveva regali extra sensori, niente può vedere. Ti spaventi un po', e poi ti calmi. Riprendi la conversazione.

"Quando appare l'insetto, cosa farai?

"La guarderò in fretta, urlerò e scapperò.

"Anch'io.

Il tempo passa un po' di più, Victor e Rafael aspettavano, aspettavano.... Tuttavia, anche dopo due ore non è successo niente di anormale. Non hanno sentito alcun movimento nell'acqua, oltre al piabas (pesce piccolo), non è stato sentito alcun rumore e non sono state visualizzate le cifre.

Rafael chiede a suo fratello:

"Dov'è la tua famosa sirena?

"Vedrai che è in viaggio.

"So cosa è successo: nostro padre è il più grande bugiardo del mondo, e io sono il più grande sciocco a credere nelle storie delle sirene. Arrivo subito!

"Aspetta, vengo anch'io.

Questo è il caso della sirena che non era altro che una fraintesa di Victor, che era troppo attaccata alle credenze. O forse era vero e che non erano abbastanza fortunati da incontrarla oggi. Lo saprai. Per ora, rinunciano all'idea di trovarla e tornare a casa. Prendono circa lo stesso tempo per andare, riuniscono la madre, e lei prepara uno spuntino per recuperare le loro energie esauste. Papà non è ancora tornato dalla fattoria. È stato un giorno interessante di scambi d'idee tra i due fratelli.

1.13.2 – Il tesoro nascosto

In un bellissimo giovedì pomeriggio nell'agosto 1909, Vítor e suo fratello Rafael giocavano come al solito nel cortile della casa. A un certo punto, si stancano di scherzare e iniziano a discutere del prossimo divertimento.

«Cosa suggerisci, Victor, della barzelletta? (Raffaello)

«Fammi vedere... Sto pensando... (Victor)

«Che ne dici di quello ... ... (Raffaello)

«Ora perché è troppo noioso. (Victor)

«Hai ragione. Deve essere qualcosa d'interessante e diverso. Oltre a essere motivante. (Raphael)

"Lo so! Mi sono appena ricordato una vecchia storia che mi hanno raccontato. È la storia di un pirata e il suo tesoro conosciuto è nascosto qui, nelle vicinanze. Tuttavia, nonostante tutti gli sforzi compiuti non sono mai riusciti a localizzarlo. Che ne dici di giocare a caccia al tesoro? Anche se è solo una storia, ci distraiamo un po'.

"Va bene, ma potresti raccontarmi in dettaglio questa storia prima d'iniziare?

"Sì. Ecco, la leggenda ha detto che nel XVI secolo, un vecchio francese della Corsica si è sbattuto sulla costa del Pernambuco ed è stato salvato da persone indigene che gli hanno fornito rifugio e cibo. Col tempo, ha guadagnato la loro fiducia, ha imparato la sua lingua, si è fatto degli amici, e si è unito a un bellissimo indiano della tribù. Aveva anche accesso ai cerimoniali e un giorno scoprì che gli ornamenti usati erano fatti di oro puro. Il fatto cresceva la sua ambizione e da allora iniziò a cercare di scoprire l'origine delle pietre preziose. Dopo che potevo, sarei scappato e avrei vissuto una vita senza privazione. Con la sua esperienza, ha ingannato la donna, sapeva dove si trovava e poi ha iniziato a pianificare la rapina e la fuga. Poiché il banchetto di culto degli spiriti forestali era previsto per tre giorni dopo, ha deciso che era il giorno più adatto. E così, lo fece. Di notte, come molti dormivano esausti, lasciò la capanna con il bagagliaio, entrò nella foresta chiusa e, come conosceva bene la regione, 30 minuti dopo arrivò nel punto esatto, una grotta. È entrato direttamente, e dopo i dati che sua moglie aveva trasmesso, ha trovato la miniera. Poi raccolse il più oro possibile, riempiva il petto, lasciò la caverna e intratteneva un viaggio verso l'interno della provincia, indipendentemente dalla moglie, dall'affetto e dall'ospitalità degli altri membri della tribù. Camminando e riposando, attraversò i comuni della zona forestale e gran parte della natura fino a quando arrivò esattamente qui, dove sono nato (duecentottanta cinque anni dopo). A questo punto, era esausto e quindi a un certo punto fermò l'ombra di un albero di cocco per riposare. Si rilassava, si appoggiava al torso e ha iniziato a dormire. Dalla cima dell'albero di cocco, qualcosa si è spezzato, ma non è stato abbastanza per svegliarlo. Peggio per lui, perché in pochi minuti un serpente corallo scendeva dall'albero, cominciò a vagare sul suo corpo e con il suo movimento, finalmente si svegliò. Paura, tentato di prendere il serpente, mancava la barca e il serpente si difese sotto forma di morso. Era la sua fine, perché non c'era niente che lo salvasse dal veleno. Arrabbiato, ha ucciso l'animale e ha pensato a un modo per nascondere la sua fortuna, perché se non ne approfitterebbe nessuno. Quindi, l'ha fatto. Raccogliendo le sue ultime forze e già morendo, trovò il posto giusto, scaverò una buca e seppellendo il suo tesoro. Una volta compiuta la missione, è scaduta. Tuttavia, la sua anima era intrappolata lì perché come dice la frase: "Resterete dove si trova il vostro tesoro".

"Molto interessante. Mi piaceva. Apriamo la caccia al tesoro!
"Bene, bene, bene, bene, bene, cominciamo subito.
"Da dove cominciamo?
"Cerchiamo alcuni segni sui punti strategici del sito.
"Se tu fossi un pirata, dove nasconderesti il tuo tesoro?".
"Avrei due alternative: nasconderlo in un luogo virtualmente inaccessibile e disgustoso o immagazzinarlo in un luogo di facile accesso e localizzazione, così facile da non immaginare che nessuno l'avrebbe seppellito lì.
"È geniale. Cosa suggerisci?
"Credo che la prima opzione sia più probabile. Al posto, ci sono molti nascondigli. Forse in uno di loro, è possibile che troveremo qualche indizio che ci porterà al raggiungimento del nostro obiettivo.

"Va bene. Che ne dici d'iniziare da questa parte?

"Approvata. Andiamo!

I due, con pale e zappe, iniziarono la ricerca, incrociando percorsi tortuosi, ovunque intorno al sito. Tuttavia, nonostante i loro sforzi e il passaggio del tempo, non hanno trovato nulla d'importante. A un certo punto, stavano per arrendersi. È allora che Victor ha avuto un'idea geniale:

"Lo so già. Ho scoperto l'indovinello!

"Non sai cosa? Di che anno stai parlando?

"Secondo gli antichi, questa striscia è stata aperta secoli fa. Quindi, qui è dove è passato il Corsicano.

"Certo. Quali altre conclusioni hai tradotto?

"Dicono anche che ero sull'orlo della morte. Qual è il posto più adatto per un povero morente per nascondere ciò che era più importante? Certo, il primo posto che potrebbe avere una fortuna simile.

"Magnifico! Geniale! Da quello che capisco, ora andiamo avanti, dall'inizio del percorso verso il punto giusto.

"Grazie, grazie. La mia intuizione mi ha aiutato. Continua.

Victor e Raphael ripresero il cammino, guardando attentamente intorno al luogo esatto del tesoro e che deponevano l'anima tormentata del Corsicano. Alla fine hanno trovato una piccola grotta e hanno deciso d'iniziare la ricerca.

Anche temendo il buio, gli animali velenosi, e le anime, le entrarono, avanzate nelle gallerie, e a un certo punto, presero qualcosa che li fece smettere. Anche con la luce bassa, hanno scoperto un cranio e con la paura, hanno immediatamente lasciato la grotta che si trovava nel centro nord del sito. Già fuori, hanno iniziato a dialogare:

"Dobbiamo tornare indietro e continuare a cercare il bagagliaio. Credo che siamo vicini. (Victor)

"Hai ragione. Quel cranio deve appartenere al cordone. (Raphael)

"Ottima deduzione, Rafael. Se è vero, il petto deve essere sepolto proprio sotto la sua carcassa perché era debole e indebolito.

"Forse...

....

Raccogliamo il nostro coraggio, torniamo alla galleria e scaviamo un buco nel posto il prima possibile.

"Sfida accettata. Andiamo!

Prendendo la decisione, velocemente, i due entrano nella galleria della caverna, e un po' dopo raggiungono lo stesso punto in cui erano. Con gli strumenti, trasportavano e aiutavano dalle loro braccia, iniziarono a rimuovere la terra dal sito. Dopo un certo periodo, colpirono una superficie dura che provoca grida da entrambi:

"È l'oro!

Rimuoveranno più terreni e subito dopo, poi, rimosse un petto dal risuonante buco di soddisfazione. L'hanno portata fuori e quando l'hanno aperta, hanno visualizzato innumerevoli pietre d'oro. Tuttavia, Victor, con la sua ingegnosità e poca esperienza, era triste e chiuso il petto. Ha spiegato al suo fratellino:

"Questo non è oro vero. "È oro di sciocco", ha detto.

"Ne è certo? Abbiamo avuto tanto lavoro. (Raphael)

"Io sì. Credo che l'oro vero brilli molto di più, perché ho avuto l'opportunità di vedere un pezzo sul collo di un proprietario di città.

"Che peccato! Avevo così tanta speranza di cambiare la mia vita.

"Non preoccuparti. Valiamo la nostra opera e l'etica, non il metallo vile. Anche senza di lui, saremo felici.

"Hai ragione.

Bassi e delusi, hanno seppellito di nuovo il petto nello stesso posto. Hanno lasciato la grotta, sono tornati indietro e sono tornati a casa. Continuerebbero la loro vita normale, nei mezzi per difficoltà e sperimentazioni, ma insieme ai loro genitori rimarrebbero una famiglia unita speciale. La famiglia Torres.

1.13.3 – *Una battuta diversa*

Era l'anno 1909, il mese di settembre e la famiglia Torres continuarono con la loro saga nel Pernambuco selvatico, in particolare nel sito di Fundão, zona rurale del comune di Cimbres (Pesqueira attuale). Jilmar, capo, si è occupato del lavoro in tempo di raccolta e, all'estero, stava sprecando altre terre. L'agricoltura era l'unica cosa che sapeva fare perché non aveva l'opportunità di avere un'istruzione. Lo stesso caso di sua moglie Filomena che, perché era una donna, lavorava come casalinga e lacci. Entrambi erano indifesi quando si sposarono e rimasero umili e felici. I figli della coppia, Vítor e Rafael, sei, hanno continuato a essere un esempio di compagnia e amicizia, anche se talvolta si sono verificati disaccordi tra i due. Ma questo era assolutamente normale in ogni relazione.

Un giorno, davanti alla casa, i due giocavano a nascondino, mascherato. Tuttavia, dopo i tre giochi, si sono stancati un po'. Hanno deciso di fermarsi. Si sono sdraiati sull'erba, accanto all'altro, e si sono appisolati. Al risveglio, Rafael si è agitato e ha fatto conversazione con suo fratello Victor.

"Che ne dici d'inventarci una battuta diversa?

"Che bello. Ha qualche suggerimento?

"Io sì. Che ne dici se restiamo da un albero a testa in giù per vedere chi potrebbe durare più a lungo?

"È una buona idea. Ma penso che sia troppo pericoloso. Lo faremo quando diventerai un po' più grande. Ho pensato a qualcosa: non sarebbe meglio giocare a ruota, inventare personaggi lungo la strada?

"Non sono d'accordo. Sono piccolo e non ho molta immaginazione. Sarei un pazzo e alla fine tu mi diresti:

«Va tutto bene. Fammi pensare meglio allora … … Lo so, lo so. Giocheremo a poliziotto e bandito, qualcosa che non abbiamo mai fatto.

«Com'è questa barzelletta?

«Tu sei il cattivo e io il poliziotto. Tu corri, io aspetto dieci secondi e ti inseguo. Se ti raggiungo, ti prendo a schiaffi. Poi, nella seconda fase, gireremo i documenti, e tu potrai riprenderti da me.

«Sembra bello. Non l'abbiamo mai fatto davvero. Possiamo iniziare?

«Sì.

Rafael corre disperato. Victor conta mentalmente i secondi e quando raggiunge il numero dieci spara anche. Per la sua età avanzata e agilità, raggiunge rapidamente il fratello, lo afferra, lo chiama bandito, lo butta a terra e gli dà qualche schiaffo. Intenzionalmente, alcuni colpiscono Rafael con violenza e lo fanno piangere. Non riformato, Raffaello si alza, gira le spalle e grida all'intero universo di sentire:

«Non sono un bandito. Sono solo un ragazzino!

L'atteggiamento di fratello ha spostato Victor. Le lacrime che si sdraiano sul viso, lo avvicinano, lo abbracciano, scusarsi per la brutalità e dire che dopotutto è critico nella sua vita. La strategia funziona. Si riprende e decide di smettere di evitare ulteriori imbarazzi. Tornano a casa, si nutrono, fanno altre attività ricreative e alla fine della giornata dormono pacificamente già in pace le avventure del giorno dopo. Il destino stava costruendo giorno dopo giorno.

1.13.4 – L'incidente

Era Sant'Antonio. La notte di San Giovanni dell'anno 1910. Come dice la tradizione, la famiglia Torres ha preparato il falò e tutti i tipici cibi di questo periodo dell'anno. Poi riunirono tutta la famiglia, offrivano pranzo e cena, mettevano le conversazioni aggiornate e finalmente accendevano il fuoco davanti alla casa.

Durante un buon periodo, hanno reso omaggio al santo, mangiato snack, fece promesse, parlavano un po' di più e quando il fuoco ha finito di bruciare, la maggior parte dei presenti si è addormentato. Erano solo Victor e Raphael che giocavano intorno al fuoco. A un certo punto, Victor si ferma e fa conversazione con il suo fratellino.

"Avete ordinato?

"No. E tu?

"Nemmeno. Che ne dici di farlo adesso?

"Va bene. Chiederò al santo di non mancare mai di cibo per gli interni del Nord-Est.

"Che richiesta difficile. Ma mostra il tuo grande cuore. Da parte mia, chiederò un maggiore controllo sul mio dono, sul coraggio di affrontare le avversità, essere felici nel mio futuro, e prosperità e salute per tutta la mia famiglia. Dobbiamo ratificare la nostra richiesta con grande azione.

"Di che tipo?

"Per dimostrare la nostra fede e la nostra fiducia nel santo, dobbiamo sfidare le leggi fisiche, come passare alle braccia del fuoco. Tuttavia, ciò richiede un po' di concentrazione. Verrai con me?

"Se non c'è pericolo, andiamo.

Presto, Victor ha passeggiato sul fuoco un po' addormentato, in balzo, e ha avuto successo. Rafael, per inesperienza, era un po' più di tempo, e quando se n'è andato, era in lacrime. Il completo ha attirato l'attenzione di tutti. Filomena ha rimproverato Victor, ed entrambi sono andati a cercare di alleviare il dolore di suo fratello minore. Hanno usato dell'acqua e fortunatamente le ustioni non erano così gravi. Quando si riprese, andava a letto e dormiva. La lezione è contenuta nella Bibbia: "Non metterete in pericolo il Signore il suo Signore".

1.14 – La scoperta dell'amore
1.14.1 – Prime esperienze

La routine di Vítor, all'epoca, all'età di dieci anni, comprendeva il lavoro in giardino che aiutava suo padre al mattino, nel pomeriggio a giocare con suo fratello Rafael e a volte visita vicini e parenti, soprattutto nei fine settimana. In una di queste visite, si avvicinò a Sara più (ragazza della sua stessa età che aveva caratteristiche occhi marroni, caratteristiche e delicate, corpo sottile e ben fatto, capelli neri fatti in serratura ed era la figlia del professor Genoveva) e tra entrambi iniziarono a emergere un forte sentimento che si può chiamare amore infantile tradotto in mano, baci sul viso, abbracci e la volontà reciproca di stare sempre insieme. Ma tutto fu fatto in segreto perché temevano la reazione dei genitori e insieme, scoprono questa meravigliosa sensazione.

Dopo aver scoperto la loro Affinità l'uno per l'altra, si sono avvicinati e hanno iniziato a frequentarsi. Così, scoprono un po' di mondo e questa sensazione così bella, anche se la precauzione è arrivata prima per i pregiudizi del tempo. Se venissero scoperti e si verificasse la separazione, non si pentirebbero dell'esperienza acquisita. La loro fortuna è stata gettata.

1.14.2 - La riunione in chiesa

L'inizio della relazione tra Sara e Victor era ventoso nella pompa nonostante alcuni disaccordi. Tuttavia, questi momenti sono stati superati. Dopo qualche partenza, Victor ha mandato un biglietto da consegnare nelle mani della moglie, attraverso uno dei suoi amici di nome Caio. Lo stesso andava velocemente a casa di Sara, e quando arrivava a destinazione, disse che le avrebbe parlato. Senza diffidenza, Genoveva ha chiamato la figlia che quando ha partecipato a Caio, ricevette il biglietto, ringraziato e salutato. Nascondendo il giornale, si è chiusa nella stanza ed è andata a leggerlo. Ecco il contenuto:

Amata Sara

Volevo invitarti a un appuntamento con me per stare insieme e parlare un po' di più. Che ne dici se oggi ti presenti in chiesa alle 16? Anche senza sapere la tua risposta, e attendo con ansia questo posto e tempo. Sinceramente, Victor.

Dopo averlo letto, Sara pensava un po' e concluse che non avrebbe fatto male a nessuno lasciare la casa un po' e ritrovare con il dolce ragazzo che era il Victor. Ha pianificato la migliore scusa per essere data a sua madre, e al momento concordato, se n'è andato per la piccola cappella del sito, fondata dai Francescani due anni fa.

Al momento esatto, entrò nella stanza e quando i due si sono visti, fuggirono immediatamente per un lungo e delicato abbraccio. In questa occasione, il frate era arrivato, li ha presi entrambi, ma non li ha rimproverati. Al contrario, pensava fosse bellissimo e promesso di mantenerlo segreto. Dalla Chiesa, i due si sono messi a giocare come due bambini erano e si sono conosciuti meglio. Ogni tanto, un bacio usciva. In questo clima, passarono il resto del pomeriggio e durante il saluto, organizzarono un nuovo incontro per la settimana prossima. Continua a seguire, lettore.

1.14.3 - Il breve periodo di separazione

Dopo la riunione della chiesa, Victor e Sara rimasero separati per circa una settimana per prendersi cura della loro vita privata e non per attirare l'attenzione degli adulti coinvolti. Durante questo periodo, Vítor si è occupato dei lavori domestici, ha giocato con suo fratello Rafael, è uscito con degli amici, ha passeggiato nella casa dei parenti. Sara ha aiutato sua madre a casa, giocato con i suoi amici, è andata in città a leggere un libro. Ma nessuno ha lasciato neanche un momento il ricordo dei momenti insieme, anche se non era niente di serio. Era solo una sensazione pura e fredda che non aveva problemi.

I due erano disposti a continuare a vivere questa bellissima esperienza, attraverso la quale molte persone passano, il primo flirt, il primo sguardo incomprensibile, la coesistenza e tutto questo accaduto anche nell'infanzia. Dove li porterebbe? Non sospettavano né erano preoccupati per il futuro. La cosa importante era vivere ogni momento dell'attuale intensamente unico o come se fosse l'ultimo.

1.14.4 - Una data importante

Una settimana dopo l'ultima riunione, Vítor e Sara si riunivano finalmente a un importante evento sociale per tutti coloro che vivevano sul sito di Fundão. Era la data di dieci anni della fondazione della scuola, la scuola rurale comunale di apprendere. Il professor Genoveva Garcia ha organizzato tutto quello che la sua unica figlia Sara era stata aiutata.

La data e l'ora concordati, Vítor, accompagnata dalla sua famiglia, arrivò a casa del suo ex insegnante e della sua amata Sara. Come erano noti da molto tempo, Victor e la sua famiglia entrarono senza tante cerimonie, accoglievano tutti presenti e sedevano in uno dei tavoli. Poi le coppie iniziarono a emergere per ballare, arrivano altri ospiti, il movimento è intenso e quando tutti si distraggono, Victor e Sara si muovono e si incontrano fuori. Quando si incontrano, si abbracciano, si baciano in faccia, si tengono per mano e vanno a giocare. Inventano mille e uno giochi, arriva Rafael, si unisce al gruppo e insieme momenti vivi.

Dopo che si stancano di giocare, parlano un po' della loro vita, e si continua a trasmettere esperienze a vicenda nonostante la loro età. Ho esaurito la conversazione, tornano a casa, per godersi un po' di festività. Integrano le loro rispettive famiglie, mangiano un po' e si divertono nel migliore dei modi possibili. Alla fine, si dicono addio e promettono di rivedersi presto. Vítor torna a casa con la sua famiglia e Sara va a dormire. Continua a seguire, lettore.

1.14.5 – Il Giorno dell'Indiano

Il tempo passa un po' e arriva specificamente il 19 aprile 1911, giorno indiano. Questa data è molto celebrata nella zona rurale di Cimbres (Pesqueira attuale), compreso il sito di Fundão che è vicino a uno dei villaggi Xucuru della regione, i primi abitanti locali. Con decisione unanime dei capi del villaggio, è stato inviato un invito a tutti i residenti nelle vicinanze per partecipare alla tribù per festeggiare insieme con il popolo indigeno a questa data simbolica. Molte famiglie del sito di Fundão hanno accettato la proposta, comprese le famiglie Garcia e Torres. Questa era un'altra opportunità di coesistenza tra Victor e Sara.

Due ore prima del tempo concordato, i Torres e le famiglie di Garcia partirono per il villaggio, si sono incontrati per il resto del viaggio. Mentre si sono scambiati esperienze e aspettative riguardo all'incontro unico e insolito che li attendeva. A che servirebbe da quei momenti speciali? Di certo avrebbero molto da imparare da un millennio che sono i veri proprietari del Brasile. Inoltre, avevano molto da insegnare. Sarebbe lo scambio perfetto tra le corse, anche se in una vita quotidiana e quotidiana, avevano già avuto un sacco di contatti. Presto, proseguirono il viaggio senza preoccupazioni.

Esattamente all'ora prevista, sono arrivati nel villaggio, sono entrati, sono stati accolti dagli ospiti e quando tutto era pronto, la festa iniziò. Aveva tutto: balli tipici, rituali religiosi, musica, cibo abbondante, discorsi, giochi.

Vítor, Rafael e Sara si sono allontanati dagli adulti che si approfittavano di fare amicizia con il Piccolo Indiano. Victor, un po' stupido, ha dimostrato i suoi poteri nascosti che crescevano ogni giorno. Tutti lo Applaudivano. Poi giocavano come bambini normali. A un certo punto, Victor e Sara sono stati lasciati soli. Parlavano, si sono fatti dei piani, si sono tenuti per mano senza far sorgere altri sospetti. Un attimo dopo, si sono reintegrati nel gruppo e continuarono a divertirsi.

La sera finiva la festa, i visitatori si ringraziarono e si sono aggiunti e sono finalmente partiti. Si sono presi la stessa ora mentre tornavo, a volte si fermavano per il resto degli animali. Arrivando a casa, Genoveva e Sara hanno detto addio a Victor, e alla famiglia, e sono andati un po' oltre. Più tardi, tornano anche a casa. Si sono addormentati immediatamente e Victor non ha smesso di pensare ai suoi nuovi amici e alla piacevole compagnia di Sara. Avrebbero ancora contatti? Lo stesso vale per un po', ma presto sarà sopraffatto dalla fatica del viaggio. Il destino è stato gettato.

1.14.6 - Il giorno dell'indipendenza
1.14.6.1 - Contesto storico

Il 7 settembre 1822, sulle banche dell'Ipiranga, nella nostra storia fu concluso un capitolo nero: dominazione politica portoghese. Dal loro arrivo nel nostro paese, gli stranieri hanno concentrato le loro principali risorse sulla colonizzazione e non sulla colonizzazione. Facevano tutto: schiavizzavano i popoli indigeni, distrussero parte della nostra fauna e della nostra flora, estraendo i nostri minerali tra le altre perdite. Questa storia è finita solo oggi.

Ma l'indipendenza non è stata costruita solo di fronte al fiume Ipiranga. Si trattava di un processo lento e complicato di cui erano di preziosa partecipazione ai patrioti. Tra questi, vale la pena ricordare: Tomás Antônio Gonzaga, Claudio Manuel da Costa, Domingos Vidal da Costa, Joaquim José da Silva Xavier e Joaquim Silvério dos Reis (Cospirazione dello Stato di Minas); João de Deus do Nascimento, Manuel Faustino dos Santos, Lugeniz Gonzaga das Virs e Lucas Dantas (Rivolta dei sarti); Antônio Carlos, José Bonifácio de Andrada e Silva,

José da Silva Lisboa, Joaquim Gonçalves Ledo e Januário da Cunha Barbosa (Articolatori politici, questi ultimi due dei quali lavoravano su giornali e negozi massonici), culminando nell'atto del 7 settembre 1822.

E voi lettori, si potrebbe chiedere: dopo questo giorno, tutto era sistemato? La risposta è no. Eravamo solo in parte indipendenti. Nel complesso, tutto era assolutamente uguale: continuavamo a dipendere dagli aiuti stranieri provenienti da altri paesi, mantenendo una struttura economica basata sul lavoro schiavista, e le élite hanno avuto il tempo di prendere il potere ha spese delle classi popolari. Risultato: rivolte che sono state soffocate grazie al potere dittatorio dell'imperatore.

Anche con il passaggio dei decenni e con l'avvento della Repubblica, abbiamo ancora incontrato difficoltà latenti nel nostro sviluppo economico e sociale perché non era solo il regime politico il problema, ma una serie di fattori molto complessi, comprendeva la corruzione, poca enfasi sulla salute e l'istruzione, sulla siccità, sulla discriminazione nei vari aspetti.

Possiamo dire che il grido d'Ipiranga era solo la prima pietra miliare di un lungo processo di evoluzione della nostra società e che attualmente siamo un esempio per il mondo della nostra economia, le nostre risorse naturali, dalla nostra forza e dalla nostra natura, nonostante le grandi disuguaglianze sociali esistenti. Siamo il paese del presente e del futuro e sta a noi continuare a essere orgogliosi della nostra terra.

1.14.6.2 - Continuazione della storia

Era il 7 settembre 1911. Tradizionalmente, la data è stata celebrata alla sede centrale del comune di Pesqueira con una grande parata. Tutti i personaggi noti o sconosciuti del sito fondatore sono preparati per la parte. Tra loro, le famiglie al centro del momento: Torres e Garcia. Dopo aver preparato il corpo, si sono incontrati sulla strada e sono partiti insieme (con i membri montati a cavallo). Mentre incontrarono altre famiglie, formando una grande processione che approfittava del viaggio per scambiare idee e aggiornare le ultime notizie. Sono rimasti a questo ritmo per due ore fino all'arrivo nella piazza centrale della città.

Quando arrivavano alla destinazione, si unirono a una grande folla aspettando la parata e la band. Quando è passato, tutti lo seguirono. Vítor e Sara si sono divertiti un momento di distrazione dagli adulti e sono andati a giocare e a parlare. Circa venti minuti di coesistenza passati, scambiati carriere e alla fine di questo periodo decisero di tornare alla processione. Continuarono con i genitori fino alla fine.

Dopo i festeggiamenti, ho fatto uno spuntino veloce, sono tornato sui cavalli e sono tornato indietro. Si sono presi circa la stessa ora mentre andavano a casa e si sono riposati il resto della giornata. Essi avevano svolto il loro ruolo di cittadini ancora una volta.

1.14.7 - Il tour

Il tempo si muove un po' più in là. La fine dell'anno arriva (1911) con la sospensione scolastica. In questo momento, Genoveva ha un'idea brillante per fornire divertimento e tenere occupati gli studenti, gli allievi e il personale generale del sito Fundão: fare un giro in un posto speciale situato nel sito vicino, una grotta che aveva servito come un'abitazione per uomo preistorico che ha evidenziato le tracce del suo passaggio (Dipinti delle Caverne).

E così, lo fece. Ha inviato gli inviti e, quando ha ricevuto l'appoggio, stava assumendo le carrozze. Quando hai raggiunto abbastanza persone, hai segnato la data e l'ora. Quando arrivò il giorno e il tempo, tutti parteciparono alla casa dell'appaltatore (Genoveva). I mezzi di locomotiva erano apparsi, affollati e andarsene. Quest'ultima, per caso, è stata compilata da membri della famiglia Torres e Garcia. Come sapevano, l'intero viaggio sarebbe stato certamente pieno di conversazioni gustose. Il tempo è andato avanti, le carrozze e le persone affrontarono il sole bruciante, la polvere gigante, le sfide di una strada che si è fatta male, ma nessuno che si lamentava perché il destino era abbastanza attraente da compensare.

Due ore dopo la partenza, uno alla volta, la carrozza arrivava alla destinazione, al parcheggio e i passeggeri che scendevano con i rispettivi zaini. Quando sono arrivati, si riunirono in gruppi di cinque ed entrarono nella grotta. Quando fu il turno del gruppo composto dalle famiglie Garcia e Torres (L'ultimo), hanno avuto l'opportunità di vedere più calmi tutte le bellezze del luogo composte da stalattiti e stalagmiti, dal buio che provoca il pensiero, dalle pietre, dalle sculture e dalle formazioni rocciose, oltre ai dipinti di uomini preistorici che rappresentano varie situazioni tra loro, caccia, sesso, religione, società, cioè cultura in generale. Hanno passato mezz'ora nella piccola grotta.

Quando se ne andavano, avevano fatto un picnic con delle delizie nordest e tutti parteciparono. Quando gli adulti si sono distratti, Sara e Victor sono scappati e sono andati a giocare, scambiare le carezze e parlare. Il problema era che stavolta ci sono voluti molto tempo. Sono stati perquisiti e scoperti dalle loro famiglie. A Genoveva non piaceva nulla, li ha allontanati entrambi, non ha lasciato andare sua figlia e ha chiuso il tour. Poi tornarono alle carrozze e ricominciarono a tornare indietro. Ci è voluto circa lo stesso tempo per andare, affrontando gli stessi ostacoli. Arrivando al sito, tutti salutavano e tornavano nelle loro rispettive case, riposavano un po', si sono occupati dei loro obblighi e quando la notte si addormentavano. Cosa sarebbe, d'ora in poi, della relazione di Sara e Victor? Continua a seguire, lettore.

1.14.8 – Biglietto

Il giorno dopo il tour, Vítor era ansioso e preoccupato per la possibilità di allontanarsi dalla sua amata Sara. Dopo tutte le esperienze vissute accanto a lei, era diventata un ragazzo più docile e comportato, qualcosa che non voleva perdersi. Pensando al problema causato dalla scoperta dei due, alla fine ha avuto un'idea di trovare il suo amato: inviare un altro biglietto dal suo amico Gaius, indirizzato a lei. Prendendo la decisione, seduto sul bordo del suo tavolino, raccoglieva penna e inchiostro e scrisse qualche breve riga. Quando ha finito, ha cercato il giovanotto, e dopo averlo trovato, gli ha dato il biglietto e ha dato istruzioni precise.

Immediatamente, Gaius andò a casa di Sara, e con il suo studio e i suoi passi sicuri non ci vollero molto ad arrivare. Poi si avvicinò un po' più in là, sbattendo la porta della casa, aspettando qualche momento, la porta si aprì e fu assistita da Genoveva. Gaius le ha chiesto il motivo della visita, le ha detto che voleva parlare con Sara. Non lo stesso momento, Genoveva si insospettì e disse che non lo era, ma che poteva accontentarsi di lei. Per ingenuità, Gaius gli ha dato il biglietto e se n'è andato. Genova ha colto l'occasione. Leggeva tutti i contenuti e non gli piaceva soprattutto perché veniva da Vítor.

Genova ha riflettuto per alcuni momenti la situazione e ha intrapreso un'azione drastica: ha preso la nota, imitato le lettere di Victor, sostituendolo con un altro. L'ha portato nella stanza di Sara e l'ha consegnato. Quando la leggeva, la bambina ha avuto uno shock perché non riconosceva il ragazzo che fino a poco tempo fa si è divertito. Ma non aveva dubbi: era sé stesso. Il contenuto era il seguente:

Cara Sara,

Ci ho pensato. Siamo molto giovani e sarebbe bene fermare le nostre riunioni. Lo faccio onestamente perché non mi diverto più con la tua presenza anche se sei speciale. Forse siamo ancora amici.

Un abbraccio e spero che mi dimenticherai subito, ricordati di tua madre. Attento, Victor.

La reazione di Sara non era buona: urlava, sgobbava, piangeva e picchiava il muro. Attratta dall'urlo, sua madre entrò nella stanza, la consolava e si approfittava del difficile momento della figlia per suggerire che si trasferissero in un comune lontano, dove le era già stato offerto un buon lavoro. Senza pensare lucidamente, Sara ha accettato la proposta e Genoveva ha detto che avrebbe avuto i dettagli giusti. Due settimane dopo, i due se ne sono andati senza salutare, in cerca del loro nuovo destino. Cosa succederebbe? Continuiamo la storia.

1.15. *La nuova routine*

Dopo la partenza di Sara, Victor ha passato una stagione in depressione, chiedendosi cosa avesse fatto di male. Tuttavia, si è progressivamente convinto che non fosse colpa sua. Lui e il suo amato erano stati vittime di una crudele cospirazione del destino. Sebbene la relazione fosse estinta, valeva la pena di vivere le esperienze e chissà quando erano adulti, potevano riscoprirsi, scoprire come si sentono l'uno per l'altra e ricominciare da capo. Anche se era una remota possibilità all'epoca, perché loro due erano spariti nel mondo.

Con il tempo, Vítor stava soffocando i ricordi e diventando più tranquillo. Quando fu ripreso, ritornò alla normale routine: lavoro sul sito del padre che svolgeva varie attività rurali (al mattino), lavoro domestico che aiutava sua madre (pomeriggio), riposo di notte, giochi e attività ricreative nel fine settimana insieme a suo fratello Rafael, amici e vicini. Sarebbe felice nella tua vita semplice e normale, ma... Provocante e interessante.

Gli altri membri della sua famiglia continuavano a seguire come sempre: Jilmar, con la sua continua dedizione al lavoro rurale, sua madre che si occupava della casa, del suo artigianato, della famiglia in generale e di suo fratello Rafael, avevano finito la scuola elementare e l'anno prossimo avrebbe iniziato ad aiutare nel trattamento dei giochi rapidi, oltre ad avere tempo per i suoi giochi. Fino a ora tutto andava bene nonostante le crescenti difficoltà che una famiglia povera di paese doveva affrontare.

1.16 – Le storie di Filomena

All'età di 11 anni e otto, uno di loro era quasi un adolescente, Vítor e Rafael avevano assimilato molti valori passati dai genitori, soprattutto attraverso la figura della madre, Filomena, che era più presente. Uno dei modi per trasmettere questa conoscenza era attraverso piccole storie illustrative ma sagge. Trascrivo qualcuno di cui ho sentito parlare.

1.16.1 – Il ragazzo degli animali

Diego era il ragazzo di una famiglia di classe superiore nella città di Recife. Nonostante la buona condizione finanziaria e la buona base dei valori ricevuti, lo stesso era irrequieto, intelligente e disobbediente ai genitori che lottavano sempre per renderlo un bravo ragazzo.

Un giorno, un bel giorno, fece un brutto trucco e sua madre, arrabbiata, fece un ultimo tentativo di correggerlo: lo schiafferò. Immediatamente, il ragazzo ha reagito, ha afferrato le gambe di sua madre e le ha morse. In questo momento, lo stesso, ispirato dal grande dolore e dal dolore causato dal figlio, disse: "Se agite in questo modo, non sembri nemmeno un bambino, ma un animale. La peste è arrivata in tempo.

Da oggi, ogni notte luna piena, come punizione, Diego si trasforma: lascia la casa irrazionalmente ululando come un lupo. La maledizione durerebbe finché viveva per lui per imparare a rispettare una madre.

1.16.2 - Il fegato di papà

Molto tempo fa, c'era un regno molto lontano, un principe di nome Mimoso. La sua caratteristica principale era l'ambizione non misurata e i suoi genitori, che lo amavano molto, lottavano per soddisfare tutte le sue esigenze: gli avevano già comprato più di 100.000 giocattoli importati e più di mille pezzi d'oro. Tuttavia, niente di loro lo soddisfaceva. Un giorno, il principe venne all'altezza di chiedere dieci stelle d'argento dal cielo e spinse i suoi genitori ad arrabbiarsi: cosa farebbero per ricevere una richiesta così assurda?

Riflettevano, riflettevano.... E decisero che invece di dieci stelle argentate nel cielo gli avrei dato lo stesso numero di stelle. Tuttavia, fatto a mano. Quando andavano a consegnare il dono, il ragazzo prese le stelle, le gettò a terra, coraggioso e sniffato di rabbia, disse che non era una sua richiesta. Il re rispose:

"Mio figlio, io e tua madre, fate del nostro meglio per compiacervi. Tuttavia, ciò che ha chiesto è umanamente impossibile da raggiungere. Ogni bambino vorrebbe essere al suo posto e vincere questo genere di regalo.

Il ragazzo non si è conformato, indignato e fuggito verso la foresta vicina. Mentre entrava nel mezzo della vegetazione e avanzava un po', si sedeva sotto un albero, abbassava la testa e piansé con vulnerabilità. Avvolto nel suo dolore, non si è nemmeno accorto di un estraneo.

La creatura era il leggendario vecchio fegato di papa che si nutriva sull'organo dello stesso nome dei bambini. All'improvviso, l'animale catturò il principe:

"Ora ti mangerò il fegato!

Paura e persa, il principe ha iniziato a gridare aiuto, ma nessuno gli ha risposto. È allora che gli disse una voce interiore:

"Dovresti essere a casa con i tuoi genitori che ti amano così tanto e invece di piangere dovresti sorridere e ringraziare per la vita che Dio ti ha dato.

In questo momento, si è pentito di essere così egoista. Nel bel mezzo della striscia, desiderava tornare a casa. Come se fosse per magia, il fegato papà scomparve e Mimoso corse a palazzo. Quando arrivò, abbracciava i suoi genitori, lo ringraziò per il dono, ma non lo accettò. Ha deciso di donare tutto ai poveri figli del regno e non ha mai più osato chiedere ai suoi genitori qualcosa di stravagante. Al contrario, era soddisfatto di ciò che riceveva volontariamente da loro.

1.16.3 - Il miglior premio

Un tempo, c'era un ragazzo di nome Ronaldo che viveva vicino a Salvador. Come la maggior parte della popolazione della regione, la sua famiglia era indisposta e sopravvisse alla discarica in cui lavorava otto ore al giorno per aiutare i suoi genitori e sé stesso nelle loro esigenze fondamentali. Nei pochi momenti di tempo libero, ha improvvisato giocattoli con residui della spazzatura, come palle, economie navetta e carrelli. Anche con tutte queste difficoltà, sognavo ancora giorni migliori.

Le caratteristiche speciali che questo ragazzo ha raccolto gli hanno fatto un esempio per tutti quelli che lo conoscevano. Alcuni esempi di questo bellissimo atteggiamento erano: egli aveva partecipato alla campagna del maglione e del Natale senza fame, oltre a incoraggiare i mercanti del tempo a dare una parte del loro profitto ai poveri.

La sua storia della vita ha ottenuto una tale connotazione che ha raggiunto le orecchie di un certo Babbo Natale. Analizzando il suo caso, decise di aiutarlo ed esattamente il 25 dicembre, appuntamento di

Natale, questo buon vecchio arrivò alla baracca dove viveva Ronaldo. All'arrivo, osservava nella zona circostante e verificava che non c'era alcun camino perché l'indirizzo era di base. Come ultima alternativa, decise di mettere il dono che aveva portato contro la porta. Una volta fatto, se n'è andato.

L'altro giorno, la mattina, il bambino si svegliò. Dalla camera da letto è andato in salotto. Mentre cercava di entrare dalla porta, si è imbattuto nel pacco. Piena di curiosità, ha strappato la busta e ha trovato una lettera e un modulo. Tuttavia, come non riusciva a leggere, chiamò sua madre e le chiese di tradurne il contenuto. Leggeva, non credeva, si rileggeva per assicurarsi che il figlio dicesse che lo stesso dell'anno in cui era iniziato avrebbe diritto a una borsa di studio completa nella migliore scuola della città. Inoltre, la famiglia riceverebbe un paniere di base mensile e un controllo medico. Tutte queste buone notizie sono state descritte nella lettera.

Ha già ricevuto un messaggio di congratulazione, che lo loda per i suoi successi (firmato da Babbo Natale in questione). Dopo aver letto, Ronaldo e sua madre si abbracciarono e ringraziarono Dio per avere ancora angeli sulla terra. Era il miglior regalo di Natale che Ronaldo e la sua famiglia potessero avere.

1.16.4 - Il valore del lavoro

C'era un'ape operaia chiamata Zunzum. Il suo lavoro era essenzialmente di visitare migliaia di fiori ogni giorno alla ricerca del nettare, l'ingrediente principale con cui viene prodotto il miele. Per raggiungere una quantità significativa di miele, occorre lavorare molto dalle api operaie: una navetta intensa dall'alveare alla materia prima (talvolta viaggiano a parecchi chilometri di distanza alla volta).

Un giorno, un uomo di nome Abilio, specializzato nel rimuovere il miele, si avvicinò all'alveare. Indossava un costume speciale per proteggerlo dalle punture e portava anche materiale per fumare l'ambiente e confondere nemici. Al momento giusto, attaccò le api con il fumo per farle girare le vertigini e disorientate. Zunzum disse:

"Perché lo stai facendo? Vuoi ucciderci di proposito?

"Non voglio ucciderli, il mio obiettivo è solo rimuovere il miele.

"Non è giusto: sono stati io e le mie sorelle a cercare di produrre e confezionare i contenuti nell'Alveolo.

"Non mi interessa. Voglio il tuo miele, vendo una parte e ne consumo un'altra perché è molto nutriente e apprezzato.

"Se osate prenderlo, vi pungeremo.

"Non puoi pungermi. Sono protetto.

"Mostro, non provi sentimenti o rimorso? Se prendi il nostro tesoro, io e le mie sorelle moriremo di fuoco stellare.

"Questo è il tuo problema. Io non c'entro niente.

"Questo è un oltraggio, un truffatore per la legge.

"La legge che conosco è questa: si chiama legge del più forte, della sopravvivenza.

Dicendo questo, non hai più ascoltato l'ape. Ha tolto tutto il miele dall'alveare e se n'è andato a casa sua. Ancora una volta, l'animale ha mostrato la sua superiorità e la sua primaria su tutti gli esseri viventi.

1.16.5 – Bellezza e sintonizzazione non sono fissati sulla tabella

Il proprietario di un circo stava cercando un animale speciale che conosceva trucchi e con quello era fuori. Cercando questo obiettivo, andò nella foresta, camminava a una certa distanza, incastrati poster annunciando quello che stava cercando, aspettando un po'. La prima apparsa fu il pavone:

"Ho sentito che stai cercando una stella perché sai di averla già trovata. Non c'è nessun altro animale che mi uguale: la mia bellezza è esaltata da pittori e poeti, ho eleganza, stile e molto fascino.

L'uomo guardava l'animale da cima a fondo e rispose:

"Mi dispiace, ma non è quello che sto cercando.

Il secondo a comparire era il tacchino:

"Non devi cercare nessun altro. Da oggi sarò la tua attrazione principale, perché sono un grande cantante.

Di nuovo, l'uomo osservava il candidato, ha pensato un po' e risposto:

"Scusatemi, non sto cercando cantanti. Ho già una sirena che ha una bella voce nel mio circo.

La terza a) candidata a) apparsa era un pollo:

"Cerchi una stella? Sì, l'hai fatto. Ho molto talento: danza tango, funk, axé, forró, samba, ballo da sala da ballo.

"Va bene. Farò un test con te. Se non viene approvato, ne darà almeno una zuppa.

Detto questo, l'ha presa, è uscito dal bosco e si è diretto al circo. Con questo insolito risultato, il pavone e il tacchino esclamavano sollevati:

"Sono sicura che non abbia scelto noi.

1.17 - Il codice di condotta di Filomena

Aiutato dalla sua esperienza e dalla sua saggezza vita, Filomena ha sviluppato un codice di condotta per i suoi figli in modo che potesse guidarli sui sentieri della vita. Questo codice non era compreso dai due e di loro iniziativa, hanno elaborato le regole. Ecco il codice:

1. All'inizio del sollevamento
    1.1-Preparare e organizzare la stanza (fare il letto, spazzare la stanza, polverizzare i mobili);
    1.2-Fare il bagno;
    1.3-Assistere nella preparazione e nella colazione;
    1.4-lavati i denti e pettinati (Non succhiare un proiettile o prendere polvere);
    1.5-Vai a scuola (compito parzialmente completato, aveva già completato la scuola elementare);
2. All'arrivo dalla scuola o dal lavoro
    2.1-conservare le provviste scolastiche in un luogo adeguato;
    2.2- Rimuovere l'uniforme scolastica (non serve o piegare);
    2.3- Fare il bagno di nuovo, cambiati i vestiti e pranzare, masticare lentamente per digerire cibo;

Scoprire l'infanzia

2.4-In, sanno comportarsi a tavola;

2.5 - Tempo libero: studiare, giocare con colleghi, visitare il turismo, ecc.;

2.6- Aiuto alle faccende domestiche.

3. Di notte

3.1-Parli con i genitori quando ha problemi (interrogazioni, problemi ecc.)

3.2-cena (seguendo le stesse regole del pranzo);

3.3-Fare il bagno;

3.4 prega Dio e l'angelo custode, ringraziando per un altro giorno di vita;

3.5-Vai a letto presto.

4. Socialmente

4.1-Rispetto e aiutare gli anziani;

4.2-stai zitto mentre gli adulti parlano;

4.3-mostrare sempre l'istruzione e la simpatia;

4.4-Cerca sempre di dimostrare il tuo amore e la tua comprensione;

5. Generali

1,18 - Storie di cacciatori

Era il 4 maggio 1912, un sabato. Quel giorno, era comune che la famiglia Torres ricevesse una visita da un vecchio conoscente di nome Francisco, o piuttosto Chico, un cacciatore famoso nella regione per il suo talento nel raccontare storie. È andata così.

Il vecchio Chico ha sbattuto la porta. Jilmar è andato a incontrarlo mentre lo invitava a entrare. Insieme, sono andati nella stanza piccola della casa dove Filomena, Vítor e Rafael erano già stati localizzati. Ha accolto tutti e si è seduto su uno sgabello disponibile. Jilmar ha iniziato il dialogo.

"Ehi, Chico, va bene? Ci conosciamo da molto tempo. Da quando ci siamo trasferiti in questo posto, ma nonostante il nostro contatto, sei ancora una figura piena di misteri. Sentire che sei dal retro, vero?

"Sì, sono nato a Cabrobó, amavo la mia terra, e non ho mai voluto sfuggire. Ma ho sofferto molto per i pestaggi del mio patrigno, e un giorno ho reagito, l'ho pugnalato, e lui è caduto privo di sensi e sono scappato. Non so cosa sia successo a lui o a mia madre. Poi ho girato il mondo. Sono arrivato per caso in questo posto e ho deciso di sistemarmi qui. Lui ha risposto.

"Capisco. Hai imparato a fare bugie? (Jilmar)

"Senza nessuno. Ho imparato dalle mie esperienze. (Lo stesso)

"Hai qualcosa da dirci oggi? (Victor)

"Sì, molti. Ti piacciono le mie storie? (Chico)

"Sì, molto. (Victor)

"Anch'io. (Raphael)

"Non impressionare i ragazzi, Chico. (Filomena)

"Va tutto bene. Starò attento. Andiamo? (Francisco)

Tutti hanno accettato l'invito. Gli hanno preso le lanterne e l'hanno seguito. Hanno attraversato tutta la capanna, raggiungendo l'area esterna. Quando uscivano, guardavano le stelle, ma presto persero l'attenzione solo per concentrarsi sulla figura misteriosa del cacciatore.

Poi ha iniziato..
....
....
....

1.18.1 - Lo spirito della foresta

Quando ero giovane e vivevo lì ai lati di Cabrobó, uscivo di sabato. Di solito andavo in campagna a caccia. Adoro farlo. Lo era e mi è piaciuto. Un giorno, acchiappai nella foresta, stavo nascondendo il gioco pronto a dare la barca (Silenzio e attento alla ricerca del modo migliore per catturare la mia preda). In questo momento, piena di ansia e nervosismo mi sono venuti il desiderio di guardarmi indietro. Nel fare questo movimento, guarda, la figura di una ragazza mulatto appare davanti a me, con i capelli lunghi e i capelli marroni. Mi guardò da cima a fondo e con una voce seria e maleducata disse:

"Non sparate. Non ti lascerò uccidere nessun animale.

"Perché mai? Dio ci ha dato gli animali, affinché possano aiutarci e servire come cibo.

"Esatto, esatto. Ma Dio ha riservato questo giorno. È sacro. Quindi, puoi arrenderti e andartene.

"Ho capito. Capisco il suo punto di vista e prometto che non infrangerò questa legge. Puoi lasciarlo. Me ne vado.

Detto questo, il mulatto è sparito. Me ne sono andato immediatamente. La prossima volta caccerei ogni giorno, così non rischierei di perdermi il viaggio.

1.18.2 – La salvezza del bambino

Un giorno uscivo dal bosco, provenendo da una caccia proficua, mi portava con me, nella mia borsa, qualche uccello e con questo successo, ero felice nella vita. Come dicevo, camminavo tranquillamente nel bosco, nella sua parte finale, quando all'improvviso sentii grida di disperazione e dolore (sembrava la voce di un bambino). Senza pensare, mi ha immediatamente rivolto per incontrare la voce afflitta con l'obiettivo di rilassarla. Inoltre, mi sono piegato a destra, ho trovato una fila di alberi, e ho trovato un po' di strada, ho trovato la seguente scena: un serpente (lunga circa tre metri) avvolto la coda nel bagagliaio di una pianta, e dall'altra parte, la bocca assetata si aggrappava a una fragile gamba sottile che lottava invano per allentarsi.

Il proprietario della gamba era un bambino nero (circa otto anni), probabilmente il figlio dei discendenti africani di un Città dei neri estinto vicino a lì. Quando vidi la sua agonia, mi avvicinai e cercai di aiutarla nel modo migliore possibile: ho tolto il machete dalla vita e mi sono imposto di ferire il serpente velenoso. Si è tirata indietro un po'. Poi le ho afferrato le estremità della bocca e l'ho spinta a lasciare andare il bambino. Ho combattuto coraggiosamente per venti minuti prima che si arrendesse: il sopravvento ed esausto dalla stanchezza, ha rinunciato alla sua preda. Ci ho tirato dentro delle pietre e finalmente lei è andata nel bosco chiuso e se ne è andata per sempre.

Il ragazzo (libero e sollevato), sospirò con gratitudine:

"Mi hai salvato la vita.

"Dio mi ha aiutato. Ora calmati e lavi quella ferita, così non si infetta.

"Come posso esprimere la mia gratitudine?

"Fallo e basta: non entrare mai nel bosco da solo. Potevi morire.

"Va tutto bene. Tu devi essere il mio angelo custode.

"Angel, non lo sono. Il vostro protettore mi ha guidato qui: quello che è appena successo è un vero miracolo.

Ci siamo salutati e non l'abbiamo più rivisto. Questa è la lezione.

1.18.3 - L'oncia

Nell'interno di Paraiba, ci sono un sacco di once. Quando si trova nella foresta della regione, si corre il rischio d'incontrare qualcuno di loro. È quello che è successo un giorno. È successo come segue: stavo cacciando cervi insieme al mio cane fedele, durante l'appostamento. Che cosa non ci sorprende (invece del cervo apparve un grammo). A proposito di come si comportava, sembrava affamata (camminava lentamente e silenziosamente annusando la possibile preda in tutte le direzioni). Vedendola, il mio cuore si è quasi fermato. Pochi dopo, ho recuperato la calma e riflettuto per decidere in fretta cosa fare. Ma non c'era tempo. Impulsivamente, il mio cane abbaiava e partì verso il felino. In risposta, gli ha applicato una zampa leggera per tenerlo lontano. Con questo, ho tirato fuori il fucile e stavo per sparare al virus. Sentiva il pericolo, disse:

"Non sparate. Ho dei cuccioli da crescere.

"Perché non dovrei sparare? Hai fatto del male al mio migliore amico. Inoltre, è una concorrente nella caccia.

"Il tuo amico mi ha attaccato per primo. Mi sono appena fatto difendere. Per quanto riguarda la caccia, ho bisogno che dia da mangiare a me e ai miei cuccioli.

"Ho capito. Allora ti lascio andare. Ma attenti agli altri cacciatori.
"Grazie, grazie.

Ho deciso di fermare la caccia e tornare con il mio cane a casa mia. Il giaguaro era molto arrabbiato, ma se non era provocata, non ha rappresentato un pericolo. Almeno questa l'ho conosciuta.

1.19 - Addio

Dopo aver raccontato queste storie, Chico ha cambiato argomento e ha parlato per un periodo di politica, economia, notizie popolari e pettegolezzi con i membri della famiglia Torres. Ha esaurito gli affari, ha detto addio ed è andato a casa sua con lo scopo di dormire. Sabato prossimo, probabilmente tornerei a infettare tutti con la tua compassione. Pertanto continuerei a fare la storia.

Dopo la sua partenza, anche i membri della famiglia Torres si sono addormentati perché provenivano da una giornata lunga e stancante. Nei prossimi giorni, rimarrebbero nella loro vita semplice ma stimolante e dignitosa. Sono stati un esempio di lotta e perseveranza nella regione contro tutti i fenomeni del suo tempo, soprattutto Victor che ogni giorno vedeva crescere e svilupparsi i suoi poteri senza che lo consigliasse. Cosa sarebbe della stessa e della tua famiglia? Continua a seguire, lettore.

1.20 - Fine dell'infanzia

Era il 1° agosto 1912. Vítor aveva compiuto dodici anni, la pietra miliare della sua infanzia. In questo breve periodo, aveva vissuto molte esperienze intense. La cosa più importante è stata la nascita del fratello, la scoperta di regali spirituali, la routine, i valori imparati dai genitori, l'amore infantile provocato da Sara. Tutto ciò che aveva vissuto ha aggiunto saggezza, umiltà e pazienza alle sue virtù, che era già un buon inizio dell'evoluzione. Ora, avrebbe vissuto una nuova fase, l'adolescenza, il secondo della sua vita.

Ancora nel primo, aveva vissuto la paura del buio, dei fantasmi, aveva superato i suoi limiti sensoriali, cercando di capire le forze nascoste, aveva innovato e creato nuovi giochi con suo fratello Rafael, aveva scoperto l'attrazione e cose simili da bambino, che non era comune; ora passiamo all'adolescenza e all'età adulta.

Fine

www.ingramcontent.com/pod-product-compliance
Lightning Source LLC
LaVergne TN
LVHW020441080526
838202LV00055B/5304